MC

PIKACHU

à la rescousse!

Pokémon
PIKACHU
à la rescousse!

ADAPTATION DE TRACEY WEST

ADAPTATION FRANÇAISE :
LE GROUPE SYNTAGME INC.

Les éditions Scholastic

Pour toute information concernant les droits, s'adresser à
Scholastic Inc., 555 Broadway, New York, NY 10012.

ISBN 0-439-98586-2

Titre original : Pokémon Pikachu's Rescue Adventure

Édition publiée par Les éditions Scholastic, 175 Hillmount Road,
Markham (Ontario) Canada L6C 1Z7

4 3 2 1   Imprimé au Canada   00 01 02 03 04

TABLE DES MATIÈRES

Découvre les nouveaux Pokémon!

Découvre les nouveaux Pokémon!

Salut! Je m'appelle Dexter. Je suis une sorte d'ordinateur qu'on appelle Pokédex. Je connais des choses à propos de toutes les sortes de Pokémon. Les Pokémon sont comme des animaux aux pouvoirs spéciaux.

Tu découvriras dans ton livre de tout nouveaux Pokémon.

Ledyba : Ces mignons Pokémon ressemblent à des coccinelles! Ils peuvent voler avec leurs ailes rouges et brillantes tachetées de points noirs.

Elekid : Ce Pokémon électrique peut avoir l'air terrifiant, mais il est très amical! Elekid évolue en Electabuzz. Tout comme Pikachu, il utilise parfois son attaque du coup de tonnerre.

Hoothoot : Ces Pokémon volants ressemblent à des hiboux. Ils vivent dans des arbres et ne sortent que la nuit.

Bellossom : Avec leurs fleurs sur la tête, ces jolis Pokémon des champs aiment chanter et danser.

Tu trouveras aussi toutes sortes de faits étonnants à propos de Pokémon que tu connais peut-être déjà.

Exeggcute : Le Pokémon œufs. Exeggcute ressemble peut-être à un groupe d'œufs, mais il agit plutôt comme un groupe de graines. Il attaque lorsqu'il se fait déranger.

Clefairy : Amicaux et paisibles, ils sont reconnus pour leurs pouvoirs magiques. Mais ils ne sont pas faciles à trouver!

Snorlax : C'est l'un des Pokémon les plus gros et les plus paresseux. Il adore manger et dormir.

Chansey : Ces Pokémon apportent le bonheur à leur entraîneur. Ils transportent un œuf dans une poche de leur bedon.

Chapitre un
UNE BONNE IDÉE

« *Je m'ennuie* », se plaint Ash Ketchum.

Ash et ses amis Misty et Tracey se trouvent sur une île paisible. Ils se reposent avec leurs Pokémon. Ce sont tous des entraîneurs de Pokémon. Ils prennent soin de leurs protégés et leur enseignent de nouveaux trucs.

Habituellement, il se passe toujours quelque chose d'excitant. Mais aujourd'hui, tout est calme. Trop calme au goût de Ash.

« J'ai une idée, lance Ash. Si on inventait une histoire sur nos Pokémon? »

Tracey sort son bloc à dessin et un crayon. « Ça pourrait être amusant, dit-il. Je vais faire des dessins pour illustrer l'histoire.

— Comment l'histoire débute-t-elle, Ash? » demande Misty.

Ash réfléchit.

« L'histoire débute sur une île juste comme celle-ci... », commence Ash.

Chapitre deux
PAUVRE TOGEPI!

Par un bel après-midi ensoleillé, trois entraîneurs de Pokémon se reposent sur une île. Ils s'appellent Ash, Tracey et Misty.

Les entraîneurs sont fatigués, car ils ont fait un long voyage.

« Si on faisait une sieste? » demande Ash.

Tracey et Misty s'étendent à ses côtés dans l'herbe.

Pikachu et les autres Pokémon se pelotonnent à l'ombre d'un arbre.

Pikachu ferme les yeux. Bulbasaur et Squirtle dorment à côté de lui. Bulbasaur ressemble à un petit dinosaure avec un bulbe sur le dos. Squirtle a l'air d'une jolie tortue.

Le Pokémon de Tracey roupille près d'eux. Venonat, un Pokémon insecte violet, ferme ses yeux ronds et rouges. Marill, un Pokémon d'eau bleu, remue ses grosses oreilles rondes durant son sommeil.

Le Psyduck de Misty, avec son bec de canard, ronfle bruyamment. Il se couvre les yeux de ses ailes.

Seul Togepi, un bébé Pokémon, ne peut pas dormir. Son corps n'est pas encore complètement sorti de sa coquille. Seuls ses bras et ses jambes minuscules en émergent.

Togepi fixe le ciel bleu clair.

Soudain, Togepi devient tout excité. Un essaim de Pokémon insectes vole dans le ciel!

Togepi n'a jamais vu ces Pokémon. Ils sont rouges, noirs et brillants.

« *Togi, Togi!* » s'écrie Togepi. Il s'éloigne en sautillant des autres

Pokémon. Il veut jouer avec les nouveaux Pokémon.

Togepi sautille dans l'herbe, jusqu'au bord d'une colline.

Il fait un pas de trop. Le petit Pokémon dégringole du haut de la colline!

« *Togi!* » hurle Togepi.

Pikachu s'éveille en sursaut. Togepi est en danger!

« *Pikachu!* » Il réveille les autres Pokémon et dévale la colline.

Togepi déboule jusque dans la forêt.

Meowth s'est perdu dans la même forêt. Semblable à un chat, il est membre de Team Rocket, un trio qui vole les Pokémon des autres entraîneurs.

Meowth transporte un lourd sac sur son dos.

« Je n'arriverai jamais à trouver ce terrain de camping, grommelle-t-il. Pourquoi Jessie et James veulent-ils aller camper, ma foi? On devrait plutôt tenter de voler des Pokémon. »

Meowth voudrait s'arrêter et se reposer.

Mais il n'en a pas le temps.

Togepi déboule droit sur lui! Les deux

Pokémon roulent tous les deux dans la forêt.

Ils roulent et roulent encore. Puis, ils tombent dans un trou noir creusé dans le sol!

Pikachu et les autres suivent le chemin parcouru par Togepi. Ils courent à travers la forêt jusqu'au trou.

Pikachu s'arrête au bord du trou et jette un coup d'œil. Il semble noir. Et profond.

« *Pika?* » demande Pikachu à ses amis. Que faire?

« *Psy! Psy! Psy!* »

Ils n'ont même pas le temps de

prendre une décision. Psyduck arrive en vitesse derrière eux en se dandinant pour les rattraper.

Mais Psyduck ne peut pas s'arrêter. Il s'écrase contre Pikachu, Bulbasaur, Squirtle, Marill et Venonat.

Tous les Pokémon se retrouvent dans le trou!

Chapitre trois
LE VOL DES LEDYBA

Ils tombent, tombent et tombent sans fin. Pikachu ne voit absolument rien dans le tunnel noir.

Puis, une lumière brillante les fait cligner des yeux. Le tunnel s'ouvre. Pikachu et les autres dégringolent à l'extérieur.

« *Pika!* » hurle Pikachu.

Ils se retrouvent dans les airs et tombent vers le sol, près d'une grosse montagne.

Pikachu ferme les yeux. Il attend de s'écraser par terre.

Soudain, Pikachu sent quelque chose sous lui. Il jette un coup d'œil. Un essaim de Pokémon insectes vole sous eux! Ils ressemblent à des coccinelles. Ce sont des Ledyba.

Un Ledyba attrape Pikachu sur son dos. Bulbasaur, Squirtle, Marill, Venonat et Psyduck atterrissent sur d'autres Ledyba.

Les Pokémon volants montent dans le

ciel. Pikachu regarde vers le sol, tout en bas.

De grandes montagnes les entourent. Une chute se déverse dans un lac bleu cristal. Un arbre géant se dresse près du lac.

Les Ledyba piquent vers l'arbre géant. Ils se posent sur de grandes feuilles vertes.

Pikachu saute du dos de son Ledyba. Ses amis l'imitent.

Puis, les Ledyba s'envolent.

« *Pika!* » Pikachu et les autres Pokémon saluent de la main leurs sauveurs.

Soudain, les feuilles vertes commencent à trembler. Elles ne sont pas assez fortes pour soutenir les Pokémon.

Crac! Pikachu et ses amis tombent. Ils atterrissent sur le doux tapis de la forêt.

Des plantes vert foncé se dressent autour d'eux. Les racines brunes de l'arbre géant couvrent le sol.

Pikachu et ses amis se serrent les uns contre les autres. Cet endroit est un peu effrayant.

« *Elekid!* »

Pikachu sursaute en entendant ce son.

« *Elekid!* »

Un étrange Pokémon jaillit de derrière une plante!

Chapitre quatre
ELEKID
LES AIDERA-T-IL?

L'étrange Pokémon est un peu plus petit que Pikachu. Il est orange, et un éclair noir est dessiné sur son bedon. Le dessus de sa tête ressemble à une fiche électrique.

« *Squirtle!* » Squirtle met ses lunettes de soleil de l'Escouade des Squirtle. Lorsqu'il était membre de l'Escouade, il aidait d'autres Pokémon en danger. Maintenant, Squirtle tente de protéger ses amis contre le nouveau Pokémon.

« *Pikachu!* » dit Pikachu à Squirtle. Pikachu est un Pokémon électrique, lui aussi, tout comme Elekid. Peut-être peuvent-ils devenir amis.

Pikachu court vers Elekid.

« *Pikachu* », lance Pikachu d'un ton amical.

« *Elekid* », réplique l'autre Pokémon.

Pikachu et Elekid se touchent les mains. Une étincelle crépite dans l'air.

Les deux Pokémon se sourient. Ils sont devenus amis!

Elekid lance des cris vers la forêt.

« *Elekid! Elekid!* »

Lentement, des Pokémon sauvages sortent de l'ombre. Pikachu n'a jamais vu autant de Pokémon sauvages dans un seul endroit.

Arbok, un Pokémon serpent violet, glisse sur le sol.

Mankey se balance en s'agrippant à la branche d'un arbre.

Weedle, un Pokémon insecte poilu, sort en rampant de dessous une plante.

Magnemite voltige dans les airs.

Quelques Weepinbell et Victreebel jaunes s'accrochent aux lianes de l'arbre.

Dugtrio jaillit tout à coup de la poussière.

D'autres Pokémon arrivent de partout. Un joli Vulpix à la fourrure soyeuse. Un Eevee aux oreilles longues et pointues. Un souriant Clefairy. Un Machop aux muscles puissants. Un Lickitung à la longue langue gluante.

Rattata et Raticate gambadent à travers les racines de l'arbre. Un Wigglytuff rose et joufflu glisse le long d'une branche. Un petit Jigglypuff le suit juste derrière.

« *Pika, pika, chu?* » demande Pikachu à Elekid. Pikachu veut savoir pourquoi il y a tant de Pokémon ici. Ils n'ont pas peur de se faire capturer?

« *Ele, ele, elekid* », répond son nouvel ami. Il lui explique qu'aucun être humain ne vit sur ce territoire. Les Pokémon peuvent vivre ici en paix.

Pikachu sourit. Il a l'impression d'être au paradis.

Puis, il se rappelle pourquoi ils sont ici. Ils doivent retrouver Togepi!

« *Pikachu! Pika, pika pi!* » Pikachu explique à Elekid à quoi ressemble Togepi.

Elekid réfléchit. Puis de petites

étincelles se mettent à scintiller sur la fiche électrique de sa tête.

« *Elekid!* » lance le Pokémon. Elekid croit qu'il sait où trouver Togepi!

Chapitre cinq
UNE LONGUE MONTÉE

Elekid conduit Pikachu et ses amis vers le sommet de l'arbre géant. Ils grimpent sur de grosses branches à l'aide d'épaisses lianes vertes.

Les Pokémon n'aiment pas grimper aussi haut. Bulbasaur a le vertige. Squirtle essaie de garder son équilibre. Ce n'est pas facile.

Mais ils doivent absolument trouver Togepi!

À mesure qu'ils grimpent, d'autres Pokémon sauvages apparaissent pour les observer. Un gros Voltorb rond roule le long des branches. Chansey, un Pokémon rose qui transporte un œuf dans une poche, leur jette un coup d'œil furtif. Un Parasect avec un champignon rouge sur le dos se faufile avec de petits bruits secs parmi les feuilles.

Les Pokémon passent à côté d'un trou creusé dans le tronc de l'arbre.

« *Hoothoot!* »

Un Pokémon à plumes brunes sort la tête du trou. Il ressemble à un hibou.

Pikachu s'arrête et le fixe du regard. Il n'a jamais vu ce Pokémon.

« *Hoothoot!* » lance le Pokémon au moment où Pikachu passe près de lui.

Elekid mène Pikachu et ses amis de plus en plus haut dans l'arbre.

Pikachu aperçoit beaucoup de grands nids sur les branches. Chacun des nids contient six œufs.

Il regarde de plus près. Chaque œuf a un visage! Ce doit être des Exeggcute.

« *Elekid, kid, kid.* » Elekid explique que l'arbre est un endroit sûr pour ces Pokémon. C'est pourquoi on y trouve tant de nids d'Exeggcute.

Elekid pointe une branche au-dessus d'eux.

« *Togi, togi!* »

Pikachu n'en croit pas ses yeux. Togepi est là-haut!

Il ne se donne même pas la peine d'attendre les autres. Il se fraie un chemin à toute vitesse jusqu'à la branche.

Un nid d'Exeggcute se trouve à l'extrémité de la branche. Et qu'y a-t-il dans ce nid? Togepi!

Chapitre six
TOGEPI ET LES EXEGGCUTE

« *Pika, pika!* » s'écrie joyeusement Pikachu.

« *Togi, togi!* » réplique Togepi.

Le bébé Pokémon est assis dans le nid en compagnie de cinq Exeggcute.

Bulbasaur, Squirtle, Marill, Venonat et

Psyduck rattrapent Pikachu. Ils sont tous heureux de revoir Togepi.

Bulbasaur ouvre le bulbe qu'il a sur le dos. Deux lianes en sortent. Bulbasaur les lance vers le nid pour attraper Togepi.

Croc! L'un des Exeggcute mord l'une des lianes.

« *Bulba!* » hurle Bulbasaur.

Squirtle n'est pas très content de voir les Exeggcute blesser son ami.

« *Squirtle, squirtle, squirt!* » grogne-t-il.

Mais les Exeggcute n'ont pas l'air désolés. Ils semblent plutôt furieux.

Togepi saute du nid. Il veut rejoindre Pikachu.

Les cinq Exeggcute suivent Togepi en sautillant. Ils encerclent le bébé Pokémon.

Ils l'empêchent de partir!

« *Pika, pika?* » Pikachu ne comprend pas pourquoi les Exeggcute sont si attachés à Togepi.

« *Elekid, kid.* »

Elekid rappelle à Pikachu que les Exeggcute forment habituellement des groupes de six, et non de cinq.

Il manque un Exeggcute!

Maintenant, Pikachu comprend.
Togepi est devenu le sixième Exeggcute.

« *Pika, pika, pikachu!* » lance
Pikachu à ses amis.

Pour ramener Togepi, il leur faut
trouver l'Exeggcute qui manque!

Chapitre sept
LA DANSE DES POKÉMON SAUVAGES

Elekid conduit les Pokémon vers le bas de l'arbre.

Ils ne sont pas très contents. Ils ont un long, très long chemin à parcourir. Et ils ne savent même pas où chercher!

« *Hoothoot!* » Hoothoot vole vers eux pendant leur descente.

Ils atteignent finalement le tapis de la forêt. Elekid les conduit à travers un passage sombre à l'intérieur de l'arbre. Ils entendent les petits bruits secs des pattes des Parasect qui se déplacent autour d'eux.

« *Para, para, sect!* » murmurent-ils dans le noir.

Les Pokémon se serrent les uns contre les autres. Ils ne veulent surtout pas se perdre.

Elekid poursuit son chemin. Bientôt, ils arrivent à l'autre bout de l'arbre.

La lumière éclatante du soleil les éblouit. Ils se retrouvent dans une clairière.

En face d'eux, un lac bleu brille sous le soleil. Une chute bouillonnante se déverse dans le lac. De longues pentes recouvertes d'herbe entourent la clairière.

« *Pika!* » Pikachu n'a jamais vu un endroit aussi magnifique.

Trois voix musicales emplissent l'air.

« *Bela bela bela!* »

Trois petits Pokémon, avec des fleurs rouges plantées sur la tête, jaillissent de l'herbe. Les Bellossom portent des jupes faites de feuilles.

Quels jolis Pokémon! pense Pikachu.

Les Bellossom commencent à danser.

D'autres Pokémon bondissent sur la pente à leurs côtés.

Les Gloom lancent leurs petites pattes vers l'avant. Les Vileplume bougent leur corps de haut en bas, essayant de garder leurs lourdes fleurs en équilibre sur leur tête.

Puis, Pikachu aperçoit des éclaboussures à la surface du lac. Les Pokémon d'eau se joignent à la danse!

Goldeen et Seaking jaillissent du lac en faisant gicler l'eau autour d'eux. Ils ressemblent à deux poissons rouges. Puis, avec une pirouette, un Magikarp orange s'élance vers le ciel.

Poliwag et Poliwhirl, les Pokémon

têtards violets, s'élancent à leur tour. Un Tentacool saute en l'air et fait onduler ses tentacules.

Sur la rive, un Krabby et un Kingler font claquer leurs pinces.

Pikachu et ses amis fredonnent pendant que les Pokémon dansent. Lorsque la danse se termine, ils applaudissent à tout rompre.

Puis Pikachu se souvient. Il faut trouver l'Exeggcute manquant!

Ils saluent de la main les Pokémon sauvages. Puis, ils retournent à l'intérieur de l'arbre.

Elekid les conduit jusqu'à une grotte. Une douce lumière bleue éclaire les parois rocheuses. Huit Clefairy roses dansent sur les roches.

Les Clefairy ont des oreilles pointues et des queues épaisses et bouclées.

« *Clefairy, Clefairy!* » chantonnent-ils en dansant.

Pikachu et ses amis les regardent, bouche bée.

Soudain, les Clefairy se mettent à briller.

Pikachu devient nerveux. On dirait que les Clefairy accumulent de l'énergie.

Boum! La lumière des Clefairy explose.

Pikachu, Elekid et les autres Pokémon sont propulsés à travers le toit de la grotte!

Chapitre huit
D'UN BOND À L'AUTRE

Pikachu et ses amis sont éjectés haut, très haut dans le ciel.

Puis, ils retombent tout aussi vite.

Boum! Ils atterrissent tous sur une feuille souple qui amortit leur chute.

Bulbasaur, Squirtle, Marill, Venonat et

Psyduck sont vraiment contents de se retrouver en sûreté sur le sol.

Mais Pikachu et Elekid adorent les feuilles-trampolines.

Bong! Pikachu bondit vers une feuille plus haute, imité par Elekid.

Bong! Ils bondissent de nouveau et atterrissent sur des feuilles encore plus hautes.

« *Pi. Ka. Chu!* » Pikachu s'amuse comme un fou.

« *E. Le. Kid!* » Elekid a un plaisir fou, lui aussi.

Bong! Ils bondissent encore.

Mais trop haut, cette fois!

Ils s'envolent dans le ciel.

Pikachu se rend compte qu'il se dirige vers une chute.

Mais quelque chose leur bloque le passage. Meowth! Le Pokémon poilu est coincé sur une haute branche d'un arbre. Il a atterri là lorsqu'il est tombé dans le trou avec Togepi.

« Attention où vous mettez les pieds! » s'écrie Meowth.

Mais Pikachu et Elekid ont perdu le contrôle. Ils s'écrasent contre Meowth.

Meowth tombe de la branche de l'arbre. Maintenant, les trois Pokémon dégringolent vers le sol.

Venonat, Pikachu, Squirtle, Bulbasaur et Marill
cherchent Togepi. Le bébé Pokémon s'est-il perdu
dans ce tunnel terrifiant?

Holà! Psyduck est vraiment maladroit! Il pousse accidentellement Pikachu et ses amis...

... qui tombent tous dans le trou!

Ouf! Un groupe de Ledyba attrape Pikachu et ses amis.
Ils sont maintenant en sûreté.

Mais dans quel étrange endroit sont-ils?

Pikachu et ses amis rencontrent des Pokémon qu'ils n'ont
encore jamais vus. Ils se font un tas de nouveaux amis
— comme Elekid et les Bellossom.

De joyeux
Bellossom
chantent
et
dansent.

Pikachu et ses amis doivent trouver un œuf d'Exeggcute manquant. Peut-être qu'il est dans cette grotte remplie de Clefairy.

Ou... peut-être pas!

Oh! Oh! Un orage menace d'éclater! Elekid réussit
à sauver un nid d'Exeggcute.

Le nid de Togepi
s'envole à cause
du vent.
Voilà Pikachu
qui vient à la
rescousse!

Togepi est terrifié.

Vive le travail d'équipe! Tous les Pokémon se donnent la main.

Grâce à l'attaque du coup de tonnerre de Pikachu et d'Elekid, la tempête s'arrête!

Pikachu, Togepi, Squirtle, Psyduck, Bulbasaur, Marill et Venonat disent au revoir à leurs nouveaux amis. Ils n'oublieront jamais leur merveilleuse aventure.

« *Pikaaaa!* » crie Pikachu. On dirait bien qu'ils vont s'écraser.

Puis, *bong!* Ils rebondissent de nouveau.

Cette fois, ce n'est pas sur une feuille, c'est sur le bedon d'un Snorlax sauvage!

Le Snorlax endormi ne se réveille même pas. Pikachu, Elekid et Meowth rebondissent sur son gros bedon. Puis ils s'envolent pour plonger dans la chute!

Cette fois, ils ne rebondissent pas. Ils atterrissent sur le dos rigide d'un Gyarados. Le Pokémon bleu ressemble à un énorme et terrifiant monstre marin.

Gyarados n'est pas trop content de

voir les Pokémon sur son dos. Il rugit.
Puis il remonte la chute en nageant.

Pikachu, Elekid et Meowth essaient de
s'y accrocher.

Meowth est furieux. « Regarde ce que
tu as fait, espèce de petit rat jaune! »
crache-t-il à Pikachu.

L'insulte met Pikachu en colère. Sans
réfléchir, il envoie un choc électrique à
Meowth.

Les poils de Meowth se redressent
bien droit. Le choc a aussi atteint
Gyarados. Le gros Pokémon perd
l'équilibre. Il dégringole le long de la
chute.

Pikachu, Elekid et Meowth ne peuvent tenir plus longtemps!

Chapitre neuf
SAUVONS LES NIDS!

Meowth s'envole loin dans le ciel.

« Je pense que c'est raté encore une fois! » gémit-il.

Pikachu et Elekid s'envolent dans une autre direction. Ils atterrissent en sûreté sur le doux tapis de la forêt.

Les amis de Pikachu courent vers lui. Squirtle, Bulbasaur, Marill, Venonat et

Psyduck sont heureux de voir que Pikachu va bien.

Mais ils sont aussi inquiets. De gros nuages noirs s'accumulent dans le ciel. Un vent puissant se lève.

« *Bulba, bulbasaur* », lance Bulbasaur. Il craint pour la sécurité des nids des Exeggcute.

« *Pika, pika, pi* », répond Pikachu, qui voudrait bien s'assurer que Togepi et tous les Exeggcute sont en sûreté.

Les autres sont d'accord. Ils retournent en courant vers le gros arbre. Ils grimpent dans les branches.

Il pleut maintenant à torrents. Le vent leur fouette le visage.

Bientôt, ils arrivent aux nids des Exeggcute. Le vent puissant les pousse au loin!

« *Pikachu!* » hurle Pikachu. Ils doivent sauver les nids.

Chaque Pokémon trouve un nid et le tient bien serré. Pikachu grimpe jusqu'à la branche la plus haute. Il s'accroche au nid où se trouve Togepi.

« *Togi, Togi!* » Togepi est content de retrouver ses amis.

Le vent souffle de plus en plus fort. Les Pokémon luttent pour empêcher les nids de s'envoler. Mais on dirait bien qu'ils vont perdre la bataille.

« *Pikaaaaa!* » s'écrie Pikachu. Il ne veut pas abandonner.

Les Pokémon sauvages entendent le cri de Pikachu. Ils sortent de leur maison sécuritaire pour offrir leur aide.

Slowbro aide Squirtle.

Sandshrew aide Venonat.

Mankey aide Bulbasaur.

Pidgeot et Vulpix aident Marill.

Quant à Machop, il aide Elekid.

Ensemble, ils agrippent bien fermement les nids. Ils tentent de les déplacer dans un endroit plus sûr.

Un Wigglytuff rond et rose sautille jusqu'à la branche la plus haute pour aider Pikachu. Il saisit l'autre côté du nid.

Même Snorlax vient les aider! Il tient Wigglytuff pour l'empêcher de s'envoler.

Pikachu sourit. Avec l'aide de tous les Pokémon, les nids seront en sûreté!

Puis, *baboum!* Le tonnerre éclate. Des éclairs illuminent le ciel.

La foudre s'abat sur une branche toute proche, qui s'écrase sur le sol.

Crac! La foudre frappe de nouveau. Pikachu voit une autre branche tomber.

Il doit réfléchir vite. La foudre est très puissante. Tous les Pokémon courent un terrible danger!

Chapitre dix
UNE CHAÎNE DE POKÉMON

Pikachu sait quoi faire. Il doit grimper jusqu'au sommet de l'arbre.

Elekid et Machop s'assurent que leur nid est en sûreté. Ils se joignent à Wigglytuff et à Snorlax. Ils saisissent le nid de Togepi.

Psyduck agrippe le nid, lui aussi.

Pikachu court vers le sommet de l'arbre.

Boum! Un autre coup de tonnerre. Un éclair illumine le ciel de nouveau.

« *Pikachuuuuu!* » Pikachu lance un coup de tonnerre à l'éclair. Son choc électrique frappe la foudre et l'empêche de s'abattre sur l'arbre.

Boum! Encore un éclair.

Pikachu lance un autre coup de tonnerre.

Elekid court vers le sommet de l'arbre pour aider Pikachu. Les deux Pokémon électriques projettent l'un après l'autre des chocs électriques aux éclairs.

Bang! Pikachu et Elekid lancent aux nuages noirs un choc puissant qui projette des étincelles dans les feuilles de l'arbre. Au feu!

De l'eau jaillit de la bouche de Squirtle et Marill. Les Pokémon réussissent à éteindre les flammes.

Grâce à Pikachu et Elekid, les éclairs ont cessé. Mais un vent puissant secoue toujours les branches.

« *Togi, Togi!* » lance Togepi à Pikachu.

Soudain, un souffle de vent puissant surgit par-dessous.

Le nid de Togepi s'envole de la branche.

« *Bulba!* » Bulbasaur réagit très vite. Il agrippe le nid avec ses lianes.

Mais le vent tenace tire sur le nid. Bulbasaur a besoin d'aide.

Machop s'agrippe à Bulbasaur.

Venonat empoigne Machop.

Squirtle saisit Venonat.

Les autres se joignent à eux, formant une chaîne de Pokémon. Pidgeot, Marill, Wigglytuff, Vulpix, Sandshrew et Slowbro sont tous agrippés l'un à l'autre.

Pikachu et Elekid redescendent du sommet de l'arbre en courant. Elekid saisit Slowbro. Pikachu empoigne Elekid.

Psyduck essaie de s'agripper à

Pikachu. Mais il manque son coup et s'étale de tout son long!

Snorlax allonge sa grosse patte et saisit Pikachu.

Les Pokémon tirent de toutes leurs forces. Ils essaient d'attirer le nid vers le sol.

Le vent souffle de plus en plus fort. Il fouette les feuilles et arrache les pommes des arbres.

Snorlax observe les pommes voltiger autour de lui. Il a toujours faim, celui-là. Comme les pommes ont l'air délicieuses!

Snorlax lâche Pikachu. Il essaie d'attraper une pomme.

« *Pikaaaaaaa!* » hurle Pikachu.

La chaîne de Pokémon vient de se briser!

Chapitre onze
PIKACHU, LE HÉROS DU JOUR

Pikachu mord de toutes ses forces dans une souche coriace. Il la tient bien serrée entre ses dents. La chaîne de Pokémon ondule dans l'air comme un drapeau.

« *Bulbasaur!* » Le Pokémon des champs tente de toutes ses forces de retenir le nid avec ses lianes.

Pikachu ne peut pas tenir bien longtemps, lui non plus. Le vent souffle très fort.

« *Pikaaa!* » Le vent pousse Pikachu et l'éloigne de la souche.

Juste à temps, Snorlax se rappelle que ses amis ont besoin d'aide. Il agrippe Pikachu.

Snorlax ramène les Pokémon l'un après l'autre vers le sol.

Finalement, Snorlax attrape Bulbasaur.

Mais il est trop tard. Bulbasaur a lâché prise. Le vent projette le nid dans les airs!

En un éclair, Pikachu se rue sur les lianes de Bulbasaur. Il tient d'une main l'extrémité d'une liane. De l'autre, il agrippe le nid.

Snorlax tire Bulbasaur vers lui, puis Pikachu. Il place doucement le nid dans le creux de la branche.

Les Pokémon poussent des hourras! Les nids sont en sûreté! Ils ont sauvé Togepi et tous les Exeggcute.

À ce moment, le vent tombe et la pluie cesse. Les nuages noirs s'éloignent.

Un arc-en-ciel multicolore apparaît dans le ciel bleu. Puis un magnifique

Pokémon volant bleu avec une longue queue ondoyante traverse l'arc-en-ciel.

« *Pika.* » Pikachu n'a jamais rien vu d'aussi beau.

« *Togi, togi!* » Togepi saute du nid et serre Pikachu dans ses bras.

Le Pokémon électrique est tellement heureux!

« *Exeggcute! Exeggcute!* » Les cinq Exeggcute sautent à leur tour du nid et suivent Pikachu. Ils ne veulent toujours pas laisser partir Togepi.

« *Pika* », grogne Pikachu.

Ils ont sauvé les nids.

Mais ils n'ont toujours pas trouvé l'Exeggcute manquant.

Comment feront-ils pour ramener Togepi à la maison?

Chapitre douze
EXEGGUTOR!

« *Pikachu* », lance Pikachu aux autres Pokémon. Ils doivent tenter de ramener Togepi à la maison. Ash, Misty et Tracey doivent être très inquiets en ce moment.

Ils descendent le long de l'arbre en suivant Elekid. Togepi trottine à côté de Pikachu. Les Exeggcute sautillent derrière eux. Ils grommellent furieusement tout le long du chemin.

Les Pokémon sauvages regardent
Pikachu et les autres, qui descendent le
long de l'arbre. Bientôt, ils atteignent le
sol.

« *Exeggcute! Exeggcute!* »

Les Exeggcute forment un cercle
autour de Togepi. Ils ne veulent pas que
le bébé Pokémon les quitte.

Pikachu soupire. Il ne sait pas quoi
faire. Peut-être qu'ils devront rester ici
pour toujours. Et Pikachu s'ennuie déjà
de Ash.

Juste à ce moment-là, un Pokémon
rose surgit de derrière une feuille. C'est
un Chansey.

« *Chansey. Chansey* », chantonne le Pokémon d'une petite voix douce.

Chansey sort un œuf de sa poche. Il le place sur le sol.

Mais ce n'est pas tout à fait un œuf. C'est l'Exeggcute manquant!

« *Exeggcute! Exeggcute!* » s'exclament les autres Exeggcute en bondissant de joie.

Les six Exeggcute sautent et bondissent. Puis une éclatante lumière blanche brille autour d'eux.

Pikachu n'en croit pas ses yeux. Les Exeggcute sont en train d'évoluer!

La lumière se met à clignoter. Les

Exeggcute disparaissent. Un Pokémon à trois têtes jaunes les remplace.

Les trois visages d'Exeggutor sourient. Le Pokémon se met à danser sur ses courtes jambes.

« *Elekid. Ele, ele* », lance Elekid. Il explique aux autres que les Exeggcute avaient besoin de l'œuf manquant pour évoluer.

« *Pikachu!* » s'écrie le Pokémon électrique. Il est content que les Exeggcute aient évolué. Maintenant, il peut ramener Togepi à la maison.

Elekid semble un peu triste. Il ne veut pas que ses nouveaux amis le quittent.

« *Pika, pika* », dit Pikachu. Il n'oubliera jamais Elekid. Ni aucun autre des Pokémon sauvages qu'ils ont rencontrés.

Elekid sourit.

Il conduit Pikachu et ses amis vers une grosse montagne. Snorlax, Exeggutor, Chansey et un groupe d'Exeggcute les suivent pour leur dire au revoir.

Elekid pointe un trou creusé sur le versant de la montagne. Pikachu et ses amis grimpent le long d'un sentier pour atteindre le trou.

Pikachu salue de la main Elekid et ses nouveaux amis restés en bas.

« *Elekid!* »

« *Snorlax!* »

« *Chansey!* »

« *Exeggutor!* »

« *Exeggcute!* » s'écrient les Pokémon.

« *Pikachuuuu!* » répond Pikachu. L'écho de sa voix se répand dans les montagnes.

Pikachu et ses amis entrent dans le passage…

… et en sortent au-dessus d'un lac!

Pikachu regarde tout autour. Ils sont

revenus à leur point de départ. Ash, Tracey et Misty font toujours la sieste sur la plage.

Tout près, Meowth flotte à la surface de l'eau. Le Pokémon griffu est de retour, lui aussi.

« Le camping, c'est fini pour moi! » grommelle Meowth.

Pikachu et ses amis plongent dans l'eau fraîche. Sur la plage, Ash baille et s'étire. Misty et Tracey ouvrent les yeux.

« Regardez, dit Ash. Nos Pokémon jouent dans l'eau. »

Pikachu nage vers la plage. Comme il est heureux de revoir Ash!

« T'es-tu bien reposé? » demande Ash à Pikachu.

Reposé? Pikachu est épuisé après son aventure. Il a vécu tellement de choses!

Ils ont vu de tout nouveaux Pokémon.

Ils se sont fait de nouveaux amis.

Ils ont sauvé Togepi.

Ils ont vu les Exeggcute évoluer en Exeggutor.

Quelle journée!

Mais il est content d'être de retour!

Pikachu serre Ash dans ses bras.

« *Pikachu!* »

Chapitre treize
ON NE SAIT JAMAIS!

« *Et Pikachu n'a jamais oublié son extraordinaire aventure, conclut Ash. Fin.*

– C'est vraiment une bonne histoire, Ash! » *s'exclame Misty.*

Tracey montre son bloc à dessin. Il a habilement dessiné des Exeggcute qui se transforment en Exeggutor.

« Qu'en pensez-vous? » demande Tracey.

« C'est super! s'exclame Ash. C'est tellement bon que je te parie que notre histoire deviendra un vrai livre un jour. »

Misty éclate de rire. « Tu peux toujours rêver, Ash, réplique-t-elle. Ça n'arrivera jamais ».

Ash hausse les épaules. « Qui sait? dit-il. Rien n'est impossible. »